사랑합니다
축복합니다
응원합니다

# 꽃길이 아니어도

나의 사랑, 내 어여쁜 자야 일어나서 함께 가자

[아가 2 : 10]

시련은
사람을 단단하게 만든다
유연하게도하고
일희일비하지 않게도 한다
그래서 때때로 고난이 필요하다
원치 않는 고난도
견디고 나면 성장을 이룬다
그래서 뭐든 감사해야 하는 이유다
그 시기에는 그것이 필요해서
나를 가장 잘 아는 분이
장치한 것이기에
믿고 받아드림이 최선이다
고난도
인생의 축복일 수 있다는 역설이
삶으로 체득되었다
이것을 나누고 싶었다
곤고한 인생 길에
위로와 격려가 되길 기도한다
고난 중에 쓴 시이기에 더욱 그렇다
시를 쓰며 견딘 시간이
또다른 아름다운 섬김이 되길
간절히 소망한다

섬김이 **최복이** 드림

# Contents

# 2부_ 격려詩

# 1 부

## 위로詩

하늘의 섭리에
무조건 순복해야할 이유입니다
폭풍이 지나간 자리에
오래된 묵은 것들이 걷히고
전혀 새로운 축복의 길이 열립니다
그래서 폭풍도 감사할 수 있습니다

# 주의 영이 함께 할 때

주의 영이 함께할 때
고난 중에도 기뻐하고
비난과 공격에도 의연할 수 있다
오해와 질시에도 분노하지 않고
어떤 억울함을 당해도 참을 수 있다
큰 슬픔에도 큰 기쁨에도 요동치 않는다

주의 영이 함께할 때
부족함에도 풍부에도
동일한 은혜를 누린다
땅의 일보다 하늘의 일에 집중한다
어떤 사람에게도 실망하지 않고
주의 형상을 기억하며 품을 수 있다

주의 영이 함께할 때
주의 뜻과 계획을 이루시는 도구가 된다
그 쓰임 받는 기쁨을 누린다
나를 통해 이루실 계획을 기대한다
일점일획도 어긋남이 없는
선하고 복된 일꾼을 갈망한다

# 또 다른 사랑

고난은 그저 아픔일 뿐이었다
고난은 징계요 저주로 느껴졌다
고난 없는 평탄한 인생을 사모했다

고난의 유익함을 알았다
고난은 결국 성장과 축복을 이루었다
고난을 통해 받은 축복은 사명의 도구가 되었다

고난이 상급임을 아는 믿음이 생겼다
주의 고난에 동참한다는 의미를 알았다
주가 믿고 맡기는 십자가의 감격을 누렸다

제자의 길에 마땅히 있을 고난은 기쁨이요 감사였다
주 때문에 받은 고난은
장차 영광의 면류관이 될 것이다
진정 고난은 주의 또 다른 사랑법이었다

# 종들의 기업

우리 종들의 기업은 주의 것이다
주가 친히 세운 기업이다
아무도 대적할 자가 없다
주의 나라를 위해 세운 공기업이다
주가 친히 통치하신다
주의 뜻과 계획대로 움직인다
주의 지배하에 있다
주에게서 나온 공의대로 이끄신다
날마다 세미한 음성을 들려주신다
언제나 이기게 하시고
세상 끝날 때까지
떠나지도 버리지도 않겠다 약속하신다
우리 종들이 할 일은
오직 순종 헌신 충성일 뿐이다

# 약함을 아는 것

약함을 아는 것이 능력이다
약함을 아는 것이 지혜다
약함을 아는 것이 성숙이다

약함을 의뢰하는 것이 선하다
약함을 자랑하는 것이 강함이다
약한 곳에 주의 능력이 머문다

약한 자를 신원하신다
약한 자를 사용하신다
약한 자가 주를 영화롭게 한다

# 시험의 크기

시험은 축복이다
시험은 사랑이다
시험은 상급이다
시험은 신뢰다
시험은 능력이다

시험의 크기는
나에 대한
주의 비전의 크기다
주의 인정하심의 크기다
주의 사명의 크기다

그래서 시험은 은혜다
시험은 증표다
시험은 미래다
시험은 성장이다
시험은 주의 것이다

# 주의 형상대로

그래도 사랑하고

그래도 품고

그래도 관용하고

그래도 긍휼히 여기고

그래도 이해해야 하는 이유

오직 주의 형상대로 지어졌기에

사랑하고 존중해야 한다

주의 손길로 빚어진 존재

주의 호흡으로 살아난 존재

주의 핏값으로 대가지불한 존재이기에

사랑해야 한다 끝까지

주의 사람들

# 우주 먼지였다

나는 우주 먼지였다
너무나 작고 초라해서
보일 듯 말듯 희미한 존재였다
기적이 일어났다
천지창조주께서
내 이름을 아셨다
그리고 불러주셨다
뜻과 계획 가운데 훈련과 연단
너는 내 것이라
지명하여 찾아오셨다
주의 역사에 동참시켜 주시고
친구라 동역자라 인정해 주셨다

이것은 기적 중의 기적이다
고난까지도 선물로 여기고
기꺼이 기쁘게 참여해야 할 이유다
감당할 시험
또한 맡겨주심이 감사할 뿐이다
사나 죽으나 주의 것이다
모든 것이 주의 은혜다

# 일상에서

수도원도 아니고
기도원도 아니고
교회에서도 아니다
일상에서
세상 한복판에서
예수그리스도를 드러내라 하신다
복음의 능력으로 덮으라 하신다

삶으로 복음을 전하라
예수를 보여주라 하신다
숨어서 신앙을 지키는 것이 아니라
군중들 속에서
빛과 소금이 되라
선으로 악을 이기라 하신다
주의 사랑으로
세상을 변화시키라 하신다

# 정확히 순종

주의 세미한 음성을 들어라
주의 말씀을 청종하라
주의 법이 마음에 있게 하라
주의 말씀이 지배하게 하라
주의 말씀의 통치를 받으라
주의 말씀이 이끌게 하라
인자와 진리를 떠나지 말게 하라
주의 율법을 주야로 묵상하라
빗나간 순종을 경계하라
주의 정확한 뜻에 정확히 순종하라

# 동역자

오직 주님 뜻을 구하기

복음의 능력 덧입기

선한 동기 갖기

오직 주께 집중하기

약속의 말씀 절대 신뢰하기

주의 절대 옳음 인정하기

주의 성품 본받기

순종으로 반응하기

성령충만으로 연합하기

주의 동역자로 인정받기

# 쓰임 받는 이유

쓸 만한 생각이 없다
아무 지식도 없고 지혜도 없다
능력도 없고 분별력도 없다
진정한 자존감도 없고
판단력도 없다
정리 능력도 없고
통찰력도 리더십도 없었다
허세와 허풍덩어리였다
잘 포장하는 기술만 늘어갔다
주께서 지목하여 부르셨다

아무것도 없는 것을 인정하는데
중요한 시간을 다 보냈다
가장 중요한 과정이었음을 안다
그 과정이 결국 목적이었다
오직 주께서 내 안에
모든 것이 되셨다
주의 뜻이 나의 뜻이다
주의 능력으로만 산다
모든 것이 은혜로만 가능하다
이 고백이 쓰임 받는 이유다

# 주님의 기대치

물세례 성령세례
주님을 만났다
주의 도구로 쓰이길 원했더니
밀알이 되라 하셨다
자아 죽는 거듭남
불순물 제거
풀무불 연단을 오래 받았다

고난학교
청지기 훈련
사명 훈련
새 그릇 축복 훈련
이어지는 과정에
수없이 낙제하며 성장했다

축복 후 이어지는
형통과 곤고 훈련
반복되는 사람 시험
리더십 훈련
재수 삼수 훈련이 이어졌다

주님 고난 참여
십자가 헌신 훈련
절대 제자 훈련
고난이도 고강도 시험과 훈련 통과
주님의 기대치는 어디까지일까
어디쯤 와 있을까
연합 연결 일치

# 이기게 하신다

큰 용사여

여호와께서 너와 함께 계신다

다윗이 어디를 가든지

여호와께서 이기게 하신다

네 평생에 너를 대적할 자가 없으리니

내가 모세와 함께 있던 것처럼

너와 함께 있을 것이다

너를 떠나지도 않고 버리지도 않을 것이다

내가 네게 허락한 일을 다 이룰 때까지

내가 너를 떠나지 않을 것이다

네가 나를 영화롭게 할 것이다

네가 믿으면 주의 영광을 보리라

약속을 붙잡고 전진한다

수많은 선진들의 믿음의 역사에

위로와 힘을 얻는다

오늘 우리가 이어 써가야 할 복음행전

지금도 동일한 은혜

생생히 살아 역사하심

약속을 성취하시는

성실하신 주를 절대 신뢰한다

오직 주께서 동행하시기에

모든 것이 가능하다

# 가만히 있을지니라

아버지가 우리를 위하시면
누가 우리를 대적하리오
내가 너희를 위해 싸우리니
너희는 가만히 있을지니라
아버지는 우리의 피난처요 힘이시니
환난 날에 만날 큰 도움이시라
네가 어디를 가든지
내가 너와 함께 있어
네 모든 대적을 네 앞에 멸하였은즉
세상의 존귀한 이름같이
존귀케 만들어 주리라
네 마음에 아버지의 법이 있으니
네 걸음이 실족함이 없을 것이다
신실하신 아버지의 약속이
나를 지배하며 이끌어 간다
강하고 담대하게

# 진급 훈련

많은 고난 가운데서도
성령의 기쁨으로
말씀 안에 거하여
주를 본받는 자가 되라 하십니다
순종 훈련 중입니다

오직 주만 바라보고
오직 주만 의지하고
오직 주를 믿으며
어떤 상황에도 주의 임재 안에 거하고
초자연적 평안과 기쁨을
경험하며 누리는 훈련입니다

고난은 상급입니다

사명의 크기와 비례한 훈련

믿음의 크기와 비례한 고난

비전과 비례한 강도라 믿습니다

고강도 고난이도 훈련일수록

주의 나라에 헌신의 크기도 커지겠지요

고난은 진급 훈련입니다

# 오래된 시선

믿음의 역사 사랑의 수고 소망의 인내
성령의 기쁨 말씀의 능력 주권적 은혜
주를 본받는 자 본이 되는 삶 예수그리스도……

수 없이 되뇌는 오래된 시선
오늘 나를 강하게 이끄는
마땅히 바라보고 가야 할 푯대

# 고난은 상급이다

고난은 상급이다
성장과 축복을 예비한다
주의 세미한 음성을 듣는 훈련이다
고난의 때 주와 연합하고 연결하는 시간이다
자기를 부인하고 자기 십자가를 지는 과정이다
고난은 부르심이다
고난은 순종 훈련이다
제자로 인정하심을 받은 표적이다
능히 감당할 시험을 주신다
주의 고난 참여는 주의 신뢰다
고난을 통해 주의 나라가 확장된다
믿음의 고난은 잠깐이요
그 영광은 영원하다

# 고독한 무릎 시인

수많은 언어들이
춤을 주며 세상을 감동시킨다
열광하는 언어유희
열매 없이 잎만 무성한 언어 숲에
잠시 쉬어 갈 수 있지만 아쉬움이 남는다

살리는 언어가 절실하다
생명수 같은 언어
온유한 자의 혀는 생명나무라
나는 이 순간도 생명수
하늘의 언어를 갈망하는
주 앞에 몸부림치는 고독한 시인이다

갈급한 영혼에 부담 없이 내려 앉아
위로와 치유와 회복과 화평을 낳는 한 단어
영혼을 살리는
그 한 단어를 기다린다
오늘도 새벽부터
내 안을 정결하게 비우고
하늘로부터 하사 받는 한 단어를 듣기 위해
숨을 죽인다

고난당한 자를 돕는
학자의 혀
학자의 귀를 간절히 사모한다
하늘로부터 온 언어에는 하늘의 능력이 담겨있다
나는 오늘도 그 하늘의 언어를 갈망하는
고독한 무릎 시인이다

# 소소한 일의 기적

기적은

작고 소소한 일에서 일어난다

다윗의 물맷돌

여인의 기름 한 병

수넴 여인의 방 한 칸

아이의 보리떡 다섯 개와 물고기 두 마리....

오늘 내가 드리는 간절한 찬송 한 곡

누구도 기억하지 못하는 작은 손길

절박한 사람에게 깊은 위로 한마디

다 보고 계시고 알고 계시고 듣고 계신다

그리고 아주 절묘한 시간에

갚아 주신다

작고 소소한 것

시작은 미약하나

창대한 기적은 거기서 시작된다

# 꽃길이 아니어도

꽃길이 아니어도 괜찮다
제자의 길이
꽃길이라고 말씀하신 적이 없다
제자로 부름 받아
그분과 함께 가는 길이라면
가시밭길이라도 좋다

그냥 따라가는 것만으로도
눈물 나도록 기쁘다
곤고하고 고독한 길
그분이 묵묵히 가신 길
자기를 부인하고 십자가를 지고
따라오라 하셨기에 순종할 뿐이다

나는 아무것도 아니다

질그릇에 보배가 담겨 있을 뿐

남은 목적을 완성하시는 주의 길에

참여함이 한없이 감동이다

사소하고 소소한 일에라도 쓰임 받는

그 기쁨이면 충분하다

# 설명하고 싶을 때

설명하고 싶을 때
하늘을 한 번 보아라

다 보고 계시고
다 알고 계시고
다 듣고 계시다
설명은 오히려 공허할 뿐이다
모두 자기가 듣고 싶은 것만 듣기 때문이다

한 분만 두려워하고
한 분만 아시면 되고
한 분만 의지하면 된다
가장 확실한 위로가 임하는 길이다

사람을 바라보지 말고
사람을 의지하지 말고
사람에게 인정받으려 하지 말라
오직 푯대를 향하여 쉬지 말고 가라

# 침묵 훈련

살다보면
침묵해야 할 때가 있다
하고 싶은 말이 많을수록
더 침묵해야 한다
억울할수록 침묵은 유익하다
침묵이 가장 큰 메시지다
침묵 훈련은
곧 고독훈련이다
고난이도 영성 훈련이다

일희일비하지 않는 것
더 많이 듣는 것
혀에 재갈을 물리는 것
입술에 파수꾼을 세우는 것
입술을 화저로 지지는 것
오직 그분이 내안에서
친히 말씀하실 때까지
참고 기다리는 영성
침묵 훈련은 인내훈련이다

# 결국 집중 훈련이다

최종 고난이도 훈련은
단순훈련이다
결국 집중 훈련이다
집중할 때 명중한다
오히려 심플하다
계산도 필요 없고
많은 말도 필요 없다
이쪽저쪽 신경 쓸 필요도 없다
오직 무릎으로
한 분에게 집중해야 한다
문제를 보지 말고
오직 푯대를 향해 달려가야 한다
계속 그분을 향해 전진할 때
예비 된 승리의 면류관을 쓸 것이다

# 그 시간에 익어간다

인생은 누구나
참고 기다려야 할 때가 있다
여무는 시간이 필요하기 때문이다
설익은 과일은 달지 않다

참고 기다리는 일은 축복이다
풍성한 열매는
반드시 비바람과
뜨거운 햇살아래 익어가기 때문이다

오래 참고 기다릴 때
달고 진한 향이 베이는 시간이다
아프고 곤고한 밤
열매는 그 시간에 익어간다

# 반전의 기쁨

여러 가지 시험을 만나면
기쁘게 여기라 하신다
삼킬 자를 찾는 수많은 문제들
스스로 풀 수 없다
피조물의 한계 앞에 선 인간
어찌 시험을 기뻐할 수 있을까

지극히 심플한 답을 주셨다
그냥 의지하라
맡겨 버리라
어차피 이 땅 모든 것
인생 모든 문제는
그분 손아래 있기 때문이다

모든 생명의 주인

이 땅의 주권을 인정하라

절대 신뢰하는 것이다

연합하라

그분 안으로 들어가는 것이다

그분을 내 안으로 모시는 것이다


그가 내안에

내가 그 안에 거하면

많은 열매를 맺는다

세상이 감당 못할 자

능히 이길 것이다

반전의 기쁨을 누릴 것이다

# 그럼에도 노래 부를 수 있는 것은

그럼에도
기뻐할 수 있고
감사할 수 있고
노래 부를 수 있는 것은
오직 그분이
내 안에 계시기 때문이다
그분과 연합되고 연결되어 있기에
그분으로부터 오는
평안과 기쁨과 능력을
세상의 어떤 것도 끊을 수 없다
방해 할 수 없다
그래서 오늘도
수많은 공격과 시험이 와도
나는 노래 부르며
그분을 따라간다

# 가던 길을 멈추지 마라

어떤 고난과 시험이 와도
가던 길을 멈추지 마라
퇴보는 그들이 원하는 것이다
푯대를 향하여 질주하라
폭풍이 불 때는
더욱 앞만 보고 집중해야 한다
내가 시킨 일을 계속하라
어떤 방해도
어떤 공격도
너를 저해하지 못할 것이다
끝까지 나를 의지하라
너는 내 것이다
내가 보고 있다
내가 강한 오른팔로 붙잡고 있다
곧 승전가를 부를 것이다
전리품을 나눌 것이다
세상은 너를 통해 나를 볼 것이다

# 호흡 훈련

고난이도 시험 앞에
어떻게 하면
분내지 않을 수 있을까
억울해 하지 않을 수 있을까
정녕 온전히 기뻐할 수 있을까
일희일비하지 않을 수 있을까
일상을 요동 없이 살 수 있다면
그는 승자이다

날마다 쉬지 않고
그분을 마시는 연습
호흡 훈련
체질화 될 때
공기가 사라진 것 같은 위기에도
끝내 참아 이길 것이다
시험을 만나면
온전히 기쁘게 여길 것이다

# 우리들의 오류

우리는 너무 가까이서 본다
발 앞에 떨어진 불만 바라본다
눈앞에 벌어진 일에 함몰 된다
작은 일로 너무 큰 것을 포기한다
사소한 것에 중요한 것을 건다
본질과 비본질을 구별하지 못 한다
작은 것을 절제하지 못해 너무 큰 것을 잃는다
나 중심으로 타인을 본다
우선순위에 서툴다
우리의 오류는 늘 내 안에서 일어난다

멀리 떨어져 서서 바라보라

타인의 시선으로 역지사지하라

높은 곳에서 내려다보라

심플한 삶을 지향하라

사소한 것은 그냥 흘러 보내라

모든 것은 시간에 맡겨 버려라

선택결과 후 댓가지불을 생각하라

완벽함을 추구하지 말라

부족함을 인정하고 받아들여라

솔직하고 진실함으로 승리하라

# 나는 내가 낯설다

한 때
나는 나를 믿을 수 없을 때가 있었다
마음 조절이 어려웠다
내 의지와 상관없이
내 상태가 다른 사람에게 영향을 미치기도 했다
때론 내가 무엇을 원하는지도 혼란스러웠다
변덕이 무질서로 이어지고
신뢰에 빨간불이 들어온 적이 있다
무엇으로도 채워지지 않았다
알 수 없는 허기가 식탐으로 이어졌다
스스로 악순환 구조를 만들어 갇혔다

이 고리를 끊는 유일한 길이 있었다
내 안에 보혜사 성령을 초청하는 것이었다
내 모든 것을 알고
내가 모태에 형질이 생기기전부터
나를 아는 창조주 그분을 주인으로 모시는 것
그분의 주권 아래 나를 내려놓는 것이었다
그분과 연합하고 연결되어 살아가는 것
이끄심에 민감하게 반응하고
날마다 좁은 문 좁은 길을 선택할 때
나를 전혀 다른 믿음의 종으로 만들어 가셨다
오늘 나는 내가 낯설다

# 풍어

거대한 폭풍이 지나갔습니다
당장은 아프고 어렵지만
견딤 후에는
성장과 축복이 상급으로 주어집니다
고요하고 평안한
새날의 기쁨이 있습니다
바다는 폭풍이 지나가야만
풍어를 안겨 줍니다
하늘의 섭리에
무조건 순복해야 할 이유입니다
폭풍이 지나간 자리에
오래된 묵은 것들이 걷히고
전혀 새로운 축복의 길이 열립니다
그래서 폭풍도 감사할 수 있습니다

# 그를 선한 청지기라 부른다

항상 주인의 뜰에 머물러야 한다
주인의 뜻과 계획을 구해야 한다
전심으로 사랑해야 한다
그의 말씀을 청종해야 한다

그리고 전적으로 의지해야 한다
끝까지 신뢰해야 한다
주인과 함께 죽을 수 있어야 한다
그를 선한 청지기라 부른다

주인이 곡간 열쇠를 맡길 것이다
주인과 겸상을 할 것이다
비밀을 공유할 것이다
유산을 상속 받을 것이다

# 인생의 밤은 누구에게나 있다

실패도 선한 열매를 맺는다
아프고 처참한 마음
곤고할 때 자신을 돌아본다
겸손으로 허리를 동이는 시간이다
타인의 아픔을 공감하는 시간이다

인생의 밤은 누구에게나 있다
자신과 밤새 씨름하는 시간
아무도 모르는 고독한 싸움
사실 그 밤은 성장하는 시간이다
그리고 축복을 잉태하는 시간이다

하늘의 기름이 부어지는 시간이다
신이 가장 가까이 돕는 시간
사실 놀라운 지혜와 능력이 임하는 시간이다
밤을 통해 튼실한 열매가 익어간다
찬란한 아침은 반드시 밤을 지나야 온다

# 그분의 시작점

나의 끝은
그분의 시작점이다
가장 낮은 곳
가장 가난한 곳에서
그분은 일하신다
그 곳으로 오셨기에
그 곳에 내려가야
그분을 만날 수 있다

# 접속된 기쁨

모든 권리를 포기하고
자기를 헌신하고
자유를 빼앗기고도 기쁜 사랑
배신과 능욕과 박해
그들을 위해 목숨을 대신 내어 주고도
기쁜 사랑

그 사랑 그 기쁨
하늘로 부터 흘러내리는 생수
주의 뜻을 따를 때만 오는 기쁨
성공도 아니고 환경도 아닌
오직 그분께 접속된 기쁨
영원한 참 기쁨이라

.

# 전혀 다른 차원의 삶

그럭저럭 사는 삶
차지도 덥지도 않는 인생
어디서 와서 어디로 가는 지도 모르고 사는 인생
특별한 목적도 없이 떠도는 인생
끝없는 문제의 연속에 갇힌 우울한 삶……

존재의 이유조차 모르고 사는 인생이었다
어떻게 사는 것이 좋은 인생인지 기준도 없었다
진정한 행복은 어디서 오는 것인지도 몰랐다
나의 끝은 어디로 가는 것인지
죽음에 대한 막연한 두려움이 있을 뿐이었다

우주만물의 창조자가 있음을 알았다
생사화복의 주관자임을 인정했다
나는 원죄의 뿌리를 가진 죄덩어리임을 알았다
거룩한 창조자를 사모했으나 가까이 갈 수 없었다

그래서 고독하고 답답하고
허무한 인생이었음을 알았다

구원자를 만났다
너무나 초라하고 연약한 어린양의 모습으로
이 땅에 오셨다
우리의 인생을 믿고 맡기기엔 의심이 들었다
아 주가 내게 찾아오셨다
내 안에 들어와 함께 사시길 원하셨다

내 안에 내가 많아 거하기 불편하다 하셨다
죄는 그분의 보혈로 씻어 주셨지만
자아와의 싸움은 쉽지 않았다
너무 오래 된 쓴 뿌리에서 쓴 물이
계속 흘러나오고 있었다

그 쓴 물이 단물로 바뀌는 데
오랜 시간이 소요되었다

자기애 자기의 자기연민 자아도취……
끈질긴 싸움이 지속되었다
보혜사 성령의 도움을 간절히 구했다
우리는 평생 이 싸움의 연속일 것이다
그 과정이 곧 우리 인생의 목적일지도 모르겠다

그분과 연합하여 자기를 이긴 자는
반드시 세상을 이기고 어둠을 이길 것이다
그리고 수많은 길 잃고 방황하는 사람들을
옳은 데로 옮기는 하늘의 사명을 부여받을 것이다
그리고 별과 같이 빛나는
전혀 다른 차원의 삶이 펼쳐질 것이다

# 믿음은 역설이다

믿음은 상식과의 싸움이다
믿음은 초월적이기 때문이다
믿음은 시련을 지나 성장한다
믿음은 역설이다

시험은 인격적으로 소유한 믿음으로 만든다
믿음은 시험으로 입증해야 한다
절대적인 믿음은 견고한 성이다
오직 주만 남아야 한다

마지막 시험 죽음에 이를 때까지
끝까지 지키신다는 믿음
승리케 하신다는 믿음이 핵심이다
절대 믿음 하나님을 신뢰하는 것이다

# 2 부
## 격려詩

넘어진 사람 일으켜 줄 수 있겠지
늘 조심하는 성품이 생길거야

# 이기는 연습

강하고 담대하라
내가 세상을 이기었노라
이미 이겨놓고 싸우는 게임이다
승자의 여유를 가지라

이미 선포한 승리
믿고 싸우라
이 싸움은
이기는 연습일 뿐이다

승리의 깃대를 꽂으라
이미 이긴 싸움
원수의 머리는 깨졌다
우리는 밟고 지나가는 과정이다

# 결국 나였다

자기 애
자기 의
자기 연민
자아 도취……

전쟁의 시작은 나였다
먼저 벌거벗긴 나를
십자가에
온전히 내어 놓아야 한다

진정 이기는 자
자기를 잘라낸 자
세상을 이기고
어둠도 이길 수 있다

무릎으로 가는 길
이기는 자의 깃발을 위하여
마지막까지 싸울 대상도
결국 나였다

# 승자의 여유

진정한 승자는
일희일비하지 않는다
미워하지 않는다
전리품을 나눈다

진정한 승자는
보복하지 않는다
의연하고 당당하다
너그럽다

진정한 승자는
여유롭다
상처 받지 않는다
영광을 하늘에 올린다

# 절대 제자

다 놓으라 강요하지 않는다
붙잡으려 애쓰지 않는다
어려움에 빠뜨리지 않는다
그대로 남겨둔다
단순하고 쉽게 말한다
떠나도록 내버려 둔다

가슴이 찢어지는 낙심이 올 것이다
비통에 잠길 것이다
분명히 붙잡을 것이다
마음을 갈라놓을 것이다
절대제자로 돌아올 것이다
분명히 선한 열매를 맺을 것이다

# 그 빛

어둡고 암담한 현실
오래 배운 의심들
자꾸만 시야가 흔들린다
구름 속 그 빛

그 약속
그 진리
그 성품
그 빛

절대 믿음
의심하지 않을 때까지
우리의 지식이 아닌
결국 믿음으로 보는 그 빛

# 성장통

형통과 곤고
사람의 한계를 인정한다
절대주권에 무릎 꿇다
역사의 주관자를 본다
고난은 그분의 선한 뜻이다

허리를 동이는 무릎의 시간
주인의 자리에서 내려온다
주권 아래 피조물
회개의 열매 순종
고난은 결국 성장통이다

고통만큼 자란다
자란 지혜는 생명나무다
오른손에 장수
왼손에는 부귀
고난의 상급이다

# 본심

기다림은
삶을 지치게 한다
기약도 없는 길
더딘 시간을 견딤이 시험 같다
늘 내가 기다린다고 생각했다

다 포기하고 싶어지는 날도 있었다
이렇게 끝나는 것인가 낙심도 되었다
믿음이 수없이 흔들리며 의심했다
아침저녁
마음의 변덕이 들끓었다

어느날
내 그릇의 상태를 보았다
아직도 겹겹이 쌓인 오물덩어리
말라붙은 찌꺼기
여기 저기 갈라진 구멍

어찌 쓸 수 있을까
아버지의 오랜 고민이 느껴졌다
다시 빚어야 하는 긴 시간
인정받고 쓰 받고 싶다는
자녀의 간절한 기도를 기뻐하셨다

오래 기다려 주셨다
오직 사랑과 인내로
새 질그릇을 빚으시는 손길
아프고 시린 고통이 어찌 내게만 있었을까
아버지의 더 애리고 쓰라린 본심을
이제야 보았다

# 단순함과 여유로움


다 알 수 없고
아무것도 가져갈 수 없고
도무지 이해할 수 없는
사실 이 땅
잠시 머무는 순례자의 길이다

말이 많고 복잡한 세상
사실 삶의 진리
복잡하지도 무겁지도 않다
그래서 순례자의 영성은
단순함과 여유로움

# 주목

믿음으로 적극 순종하는 자
계산 없이 내 것을 내어 주는 자
다른 사람을 섬기는 자

말씀을 깊이 묵상하는 자
성령의 지혜를 사모하는 자
쓰임받기를 간절히 원하는 자

주의 뜻에 자기 뜻을 맞추는 자
주의 나라와 의를 먼저 구하는 자
주의 말씀을 진실함으로 행하는 자

# 순종의 때

순종의 때를 놓치지 마라
믿음으로 즉각 반응하라
믿음은 순종을 통해 역사한다

기도로 주와 동행하라
주의 뜻과 때를 분별하는 성령을 사모하라
반드시 역전 되리라

# 간절함

네가 뛰어나서도 아니고
네가 잘 생겨서도 아니고
네가 대단해서도 아니다
나의 형상을 닮은 나의 자녀이기에
마냥 이쁘고 사랑스러운 것이다

다만 네가 시험과 훈련을 잘 마치고
아버지를 이해하고
사랑하고 존중하며
뜻과 마음을 알고
말씀에 순종하는 자녀로 장성하길 바란다

그 마음과 그 사랑 그 순종
나의 간절함이 이루어져서 기쁘다
그래서 이제는 너와 중요한 것을 상의하고 싶다
너의 함께 내 뜻을 이루어 가고 싶구나
중요한 하늘 일을 네게 맡기고 함께 동역하길 원한다

# 자아는 아군이 아니다

자기 애
자기 의
자기 연민
자아 도취
자기 집착 ....

결국 자아와의 싸움이다
결국 자아는 아군이 아니다
결국 자아를 먼저 죽여야 내가 산다
결국 자아가 죽어야 진짜 주인이 들어오신다
결국 진짜 주인이 주인 되어 싸워 주셔야 승리한다

# 견딤만큼 쓰인다

견딤만큼 쓰인다
어차피 쓰임은
기다림 견딤 오래참음의 길이기 때문이다
주님 가신 십자가의 길이 그랬기에
제자의 길도 당연하다

사명의 길로 부르심 전에
그에 합당한 훈련과 연단을 통해
쓰임에 합당한 그릇으로 빚으시는 시간
풀무불 견딤
이미 그분의 뜻과 계획에 동참이다

미처 뜻을 깨닫지도 못해도
분별할 수 없는 상황의 연속에도
그저 옳음을 절대 신뢰하며
참고 견딤의 시간
그 순종과 받아드림 자체가 쓰임이다

# 비록 더딜지라도

빨리 보다 멀리
신의 뜻에 닿을 때까지
그 옳은 길을 찾아 가는 과정이다

조급함은 금물이다
천천히 가든 빨리 가든
어차피 주 뜻대로 흘러간다

비록 더딜지라도
선하게 일하심을 기억해야 한다
기다림과 견딤으로 동참하는 것이다

절대 신뢰함으로
잠잠히 때를 참아 기다려야 한다
반드시 모든 것을 합력하여 선을 이루신다

# 넘어져도 괜찮아

넘어져도 괜찮아
돌부리에 걸려서 넘어지든
누가 발을 걸어 넘어지든
스스로 자고하여 넘어지든

다시 그 자리에서 일어서는 것이 중요해
똑같은 자리에서 다시 넘어지지 않도록 조심하고
누군가 좀 봐도 괜찮아
우리는 다 실수하고 넘어지는 존재니까

넘어진 사람 일으켜 줄 수 있겠지
늘 조심하는 성품이 생길거야
자기 길을 잘 보고 걷는 사람이 되겠지
그래서 넘어져도 괜찮아

# 실망하지 않았으면 좋겠다


그래서 그래서
주님의 십자가 보혈이 필요했던 것이지
오직 그분만 믿을 분이고
나머지 사람은
그냥 우리가 주님의 은혜로 사랑해야 할 대상인 거다


사람을 지나치게 의지하지 말고
서운해 하지도 말고
분내지도 말고
실망도 하지 않았으면 좋겠다
주님이 그러셨듯

# 그분의 사랑법

곤고한 골짜기 혼자 걷게 하기
무거운 짐 지고 언덕 오르게 하기
넘어져도 혼자 일어나도록 내버려두기
울어도 못들은 척 하기
억울해도 기다리게 하기

배고파도 참아내게 하기
목마름에도 외면하기
상처 입은 곳 혼자 아물게 하기
따돌림 당해도 몰라라 하기
고독하도록 오래 혼자 두기

늘 동행하신다는 그분은 어디에……
등 뒤에 서 계신 본심
반석 그 흔들리지 않는 고백을 위하여
독특한 그분의 사랑법
항상 뒤에 깨닫는다

# 부끄러운 시인의 고백

어떤 언어로 그분의 애달픈 사랑을 담을 수 있을까
어떤 시어로 그 사람들의
속 깊은 고독을 써낼 수 있을까
어떤 단어로
그 수많은 인간의 희로애락을 표현할 수 있을까

어떤 단상으로
내 가슴 바닥 간절함을 건져낼 수 있을까
어떤 마음으로 나아가면
진정 함께 울고 웃을 수 있을까
가난한 무릎으로 그분께 나아가면
진리에 닿을 수 있을까

　　　　　　　　　- 7전8기 무릎경영(최복이 지음)중에서

# 삶이 나에게

너무 잘하려 하지 말라 하네
이미 살고 있음이 이긴 것이므로

너무 슬퍼하지 말라 하네
삶은 슬픔도 아름다운 기억으로 돌려주므로

너무 고집 부리지 말라 하네
사람의 마음과 생각은 늘 변하는 것이므로

너무 욕심 부리지 말라 하네
사람이 살아가는 데
그다지 많은 것이 필요치 않으므로

너무 연연해하지 말라 하네
죽을 것 같던 사람이 간 자리에
또 소중한 사람이 오므로

너무 미안해하지 말라 하네
우리 모두는 누구나 실수하는 불완전한 존재이므로

너무 뒤돌아보지 말라 하네
지나간 날보다 앞으로 살날이 더 의미 있으므로

너무 받으려 하지 말라 하네
살아보면 주는 것이 받는 것보다 더 기쁘므로

너무 조급해 하지 말라 하네
천천히 가도 얼마든지 먼저 도착할 수 있으므로

죽도록 온 존재로 사랑하라 하네
우리가 세상에 온 이유는 사랑하기 위함이므로

– 최복이 〈내가 두고 온 우산〉(2008) 중에서

# 얼지 않은 꿈

세상은 협박한다
제자리로 돌아가라고

견딜 수 없는 압박
수없이 겹쳐 입은 옷 사이로
황소바람이 지나간다

모든 것이 잘 될 거라는 믿음이
바닥을 보이며 올라오는 현기증
그냥 앉아버리라는 속삭임이
어깨를 누른다
다리가 몹시 흔들린다

누구에게나 위기는
예상치 못할 때 온다

강물이 얼어붙는 추위일지라도
당당히 걸어야 한다
떨고 있음을
아무도 눈치 채지 못하도록
더 의연하고 씩씩하게

어떤 경우에도 열망을 접으면 안 된다
얼지 않은 꿈은
절대 무너질 수 없는 법
신은 거기서 뜨겁게 역사한다
기적처럼

—최복이 〈속 깊은 편지〉(2007) 중에서

# 비 반드시 그칠 것이다

정말 이 장대비가 그칠까
파란 하늘이
저 검은 구름 속에 있을까
무지개가 떠오를까
다시 빛을 볼 수 있을까
절대 눈을 감지 마라
빛을 보려면
젖은 몸으로 걸어 올 것이다
결코 낯설지 않은
우리 모두가 믿는
그 빛
비 반드시 그칠 것이다

—최복이 〈내가 두고 온 우산〉 (2008) 중에서

# 결국 사람이다

결국 사람이다
오늘 내가 안고 있는 모든 문제는
나를 기쁨으로 벅차게 하는 것도
고통으로 신음하게 하는 것도
왜 살아야 하는지 존재를 고민하는 것도

결국 사람이다
천지를 창조하고 지금까지 붙잡고 있는 이유는
오늘 내가 어디로 가야 하는지 방황하는 것도
내가 선택한 것의 대가를 두려워하는 것도
사랑이 모든 초점이 되는 것도

결국 사람이다

불면의 밤으로 새벽을 맞는 이유는

지금까지 살아온 또 앞으로 살아갈 힘도

곁에 붙잡아 두고 싶은 욕망도

끝까지 매달려도 풀지 못하고 갈 숙제도


결국 사람이다

오늘 열망하고 또 인내하는 목적은

내가 호흡하고 바다로 흘러가는 것도

인연으로 묶어서 끝까지 의미를 부여하는 것도

천하를 주어도 바꿀 수 없는

사랑의 가치를 가진 것도


결국 사람이다

−최복이 〈내가 두고 온 우산〉(2008) 중에서

# 고독은 축복이다

고독은 축복이다
군중 속에
홀로 버려져 있다면
그것은 기회다
신을 독대할 수 있는

죽음을 생각해 보았다면
그것은 축복이다
죽음보다 위대한 삶은 없다
신은 죽음을
생에 마지막에 올려놓음으로
삶의 가장 소중한 부분으로 다루었다

포기보다 위대한 선택은 없다
손에 쥔 것을 놓아버리는 일
그것은 축복이다
신은 더 좋고 아름다운 것으로
가슴 가득 안겨줄 테니
신만이 할 수 있는

침묵으로 기다림으로
욕망에서 벗어날 수 있다면
그것은 축복이다
침묵과 인내의 고통은
신과의 접촉점이 될 테니

−최복이 〈고독한 날의 사색〉(2005) 중에서

# 세상에서 가장 짧은 기도문
## "father, help me"

타지에 공부하러 간 딸아이가
날마다 외친다는 기도문
답답하고 깜깜하고 막막하고
외롭고 지친
작은 딸아이의 절규


파더 헬프 미
너무나 짧은 기도문이 계속 가슴을 에며 맴돕니다
무슨 말이 더 필요할까요
파더 헬프 미!!!

# 가을이다

가을이다
열매 따는 계절
추수 감사 절기다
열매로 그 인생을 안다
나눔이 풍성한 때다
선한 열매가 풍성한 나무
농부의 기쁨이다
열매 없는 가지는 잘라낸다

세월을 아끼라 하신다
덧없이 흘러가는 시간들
헛된 것에 시간을 허비할 수 없다
수고와 아픔뿐인 인생이지만
더욱 사랑해야 한다
남은 시간이 길지 않다
사랑의 열매가
세상에서 가장 값진 열매다

# 믿음의 진보

주의 절대 사랑을 신뢰한다
합력해 선을 이룸을 믿는다
고난이 내게 유익이라
약함이 강함이라
간증도 많이 쌓였다

시련을 기뻐해야 하는 이유도 알았다
고난 없는 영광은 없다는 것도 믿는다
시험을 참는 자의 복도 누렸다

심령이 가난한 자
애통하는 자
의에 주리고 목마른 자가
복이 있다 하신 이유도 배웠다

제자의 길은 십자가의 길
좁은 길이라는 것도 받아들였다
이제 더 굳건한 믿음의 진보
주를 위해서라면
죽음도 내게 유익이라 고백한다

# 고난은 진보다

고난은 진보다
영혼이 잘 된다
보이지 않던 것이 보인다
들리지 않던 말씀이 들린다
자기를 본다
우상들이 떠나간다
원래의 자리로 내려간다
가벼워진다
채워진다
길이 보인다
진리를 따라간다
생명 되신 주와 깊어진다
그래서 고난은 믿음의 진보다
선물이다
반드시 성장과 축복이 따라온다

# 완전한 승자

오직 예수 그리스도
인류의 완전한 승자
주께 붙잡힌 자는
그분의 승리의 반열에 든
이미 승자다

소소하고 사소한 싸움에
마음을 빼앗기지 말아야 한다
승자의 기쁨을 누리라
부드러운 여유로 대하라
이 땅을 순례해도 좋다

다만 계명과 사명을
늘 기억해야 한다
주께서 십자가를 지신 이유
한 영혼 한 생명을
시리도록 아프게 사랑하신 진실

그 사랑
그 승리를 알려야 한다
우리를 동역자로 부르신 이유다
그 사명을 위해 달려간다
영원한 승자 주께서 동행하신다

# 거룩한 순종

말씀만 하소서
가라는 곳에 가고
서라는 곳에 서고
하라는 일을 하겠습니다
완전 옳으시고 선하심을 신뢰합니다

주의나라에 꼭 필요한 일
주의 뜻과 계획에 맞는 일
주의 시나리오대로 이끄소서
말씀하소서
오직 주 뜻만 이루게 사용하소서

주의 나라를 위해
마땅히 지킬 계명과 이룰 사명
서로 사랑하고 복음을 전하는 일
거룩한 순종으로
충성하고 헌신하겠습니다

# 밀착 동행

잘 참게 하시고
분노와 억울함을 잘 견디게 하심

일상도 흔들리지 않게 하시고
평안과 기쁨을 유지시켜 주심

식사도 숙면도 지장 없게 하시고
사역은 더욱 전진하게 하심

더 큰 그림과 비전을 그리게 하시고
주의 뜻과 계획을 보게 하심

크고 작은 선물을 내려주시고
은밀한 상급으로 위로해 주심

깊이 밀착 동행하여 주시고
큰 사랑 큰 은혜로 승리케 하심

고난이도 동행수업 잘 마치게 이끄시고
예비된 영광스런 복귀 명령 내리심

# 은혜로만 가능합니다

아주 특별하고 대단한 일에만
주의 은혜가 필요한 것이 아닙니다
일상적인 소소한 일에도
주의 도우심과 이끄심이 필요합니다
선교사나 순교자의 부르심만
제자가 아닙니다
일반적이고 일상적인 삶에서도
절대 제자로 살 수 있습니다

오직 주의 은혜로만 가능합니다
지하상가 쇼핑을 할 때도
동료들과 떡볶이를 먹을 때도
단조롭고 평범한 일상에서
주의 거룩을 나타내야 합니다
거친 세상 한 복판에
주의 제자로 살아간다는 것은
초자연적 은혜로만 가능합니다

꽃길이
아니어도

| | |
|---|---|
| 개정판 | 2019. 3 |
| 지은이 | 최복이 |
| 펴낸곳 | 도서출판 본월드 |
| 편 집 | 홍태경 |
| 디자인 | 나우커뮤니케이션 |
| 표지그림 | 서대철 작가 |
| 표지디자인 | 김찬영 |

주소 ㅣ 07541 서울시 강서구 양천로 75길 31 본월드미션센터 3층
전자우편 ㅣ tkhong@bonworld.co.kr
대표전화 ㅣ 02-326-5406    팩스 ㅣ 02-730-1559